モンスター・ホテルで ひみつのへや

作・柏葉幸子　絵・高畠純

モンスター・ホテルで ひみつのへや

まちはずれの　ふるい　ゆうびんきょくと、
ちいさな　こうえんの　あいだに、
三《さん》かいだての　ビルが　あります。
レンガづくりの　いまにも　たおれそうな
ビルです。
にんげんたちは、　あきビルだと　おもっています。

でも、 そこが モンスター・ホテル。
まちに あそびに きた モンスターたちが
とまる ホテルです。

ゆうぐれに　なると、モンスター・ホテルの
ロビーは、チェック・インする　モンスターたちで、
ごったがえしています。
カウンターの　なかに　いる
トオルさんは、おおいそがし。
トオルさんは　とうめいにんげんですが、
からだが、うっすらと　みえます。
にんげんの　まちを　あるいていて　あたまから
ペンキを　あびたことが　あるのです。

いくら　あらっても、　きれいに　おちません。
でも、トオルさんは、ぜんぜん　みえないより
べんりだと　おもっています。
やはり　ホテルで　はたらいている
ツネミさんが、おきゃくさんの
にもつを　はこびます。
ツネミさんは、キツネです。
にんげんの　おんなのこに
ばけようとして、しっぱいしてしまいました。

あたまから　キツネの　みみが、スカートの
したから　キツネの　しっぽが　のぞきます。
ツネミさんは、じぶんの
すがたに　ないてしまいました。
でも、いまは、こいびとの
トオルさんが
「かわいいですよ。」と
いってくれるので、
にこにこして　はたらいています。

いったんもめんは
十《じゅう》メートルも　ある
しろい　ぬのの　おばけです。
からだに、スパゲッティの
ケチャップを
つけてしまいました。
シーツに　まぎれて、
クリーニングやさんで
あらってもらう　つもりです。

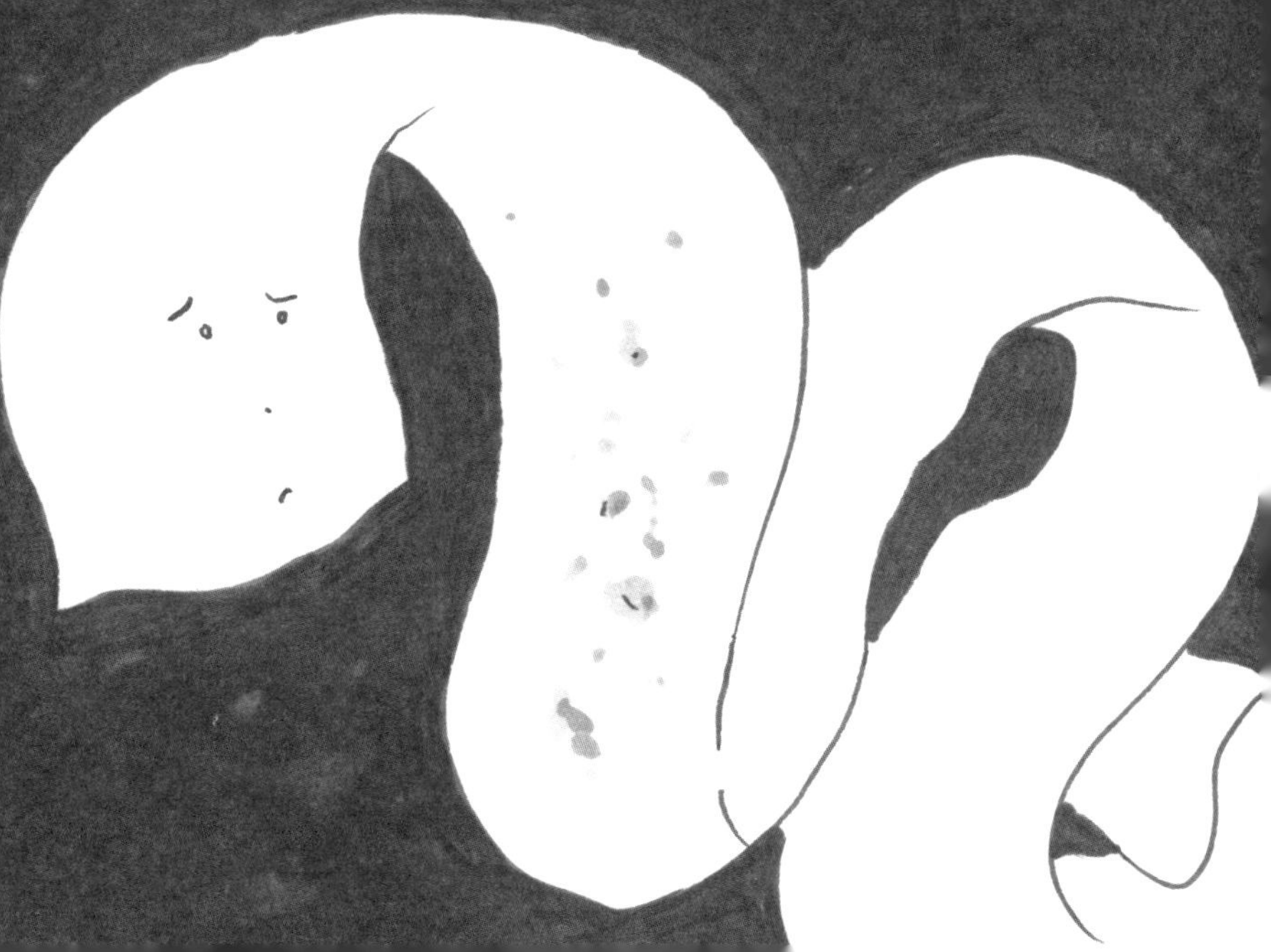

三《さん》にんの　まじょは、
３Ｄ《スリーディー》めがねを　もって、
えいがを　みに
いく　つもりです。
カッパの　おやこは、
よるまで　やっている
ダイビング・スクールへ
いくところです。
「うみで　もぐりたい！」

むすこガッパに
だだを　こねられました。
でも、れんしゅうしないと、
うみには　もぐれません。
それで、ダイビング・スクールに
かようことに　したのです。
ウエットスーツを
きれば、カッパに
なんて　みえません。

ドラキュラだんしゃくは、イギリスから　きた
おさななじみと　いっしょです。
だいどころようせいの　スパイスキンです。
スパイスキンは、わしょくを　けんきゅうちゅう。
「しゃぶしゃぶというのを
たべてみたい。」
と、ガイド・ブックを
ひろげています。
ねずみおとこは、

まよっています。
まちの　そうこがいに
かくれすむ　モンスター、
ねずみむすめと
けんかしたまま、
もう　三《さん》かげつ。
あやまりに　いこうと
まちまで　きたのに、
ゆうきが　ありません。

その　となりで
いちゃいちゃしているのは、
おにの　しんこんさん。
ハワイへ
しんこんりょこうへ
いってきた　かえりです。
二《に》ほんづのの　からだの
おおきいほうが、
はなよめさんのようです。

一《いっ》ぽんづのの
ちいさな
はなむこさんに、
なにか　いわれて
まっかになった
はなよめさんは、
「いやーん。」
と、はなむこさんを
つきとばしました。

はなむこさんは、つきとばされて
ロビーを　ころがっていきます。
そして、だんろへ　ころがりこんでいきました。
ドーン。ガシャガシャと　おそろしい　おとが
して、はいが　ロビーへ　はきだされてきます。

「キャー。あなた、あなた。だいじょうぶ？」
おにの　はなよめさんが、
だんろへ　かけよりました。

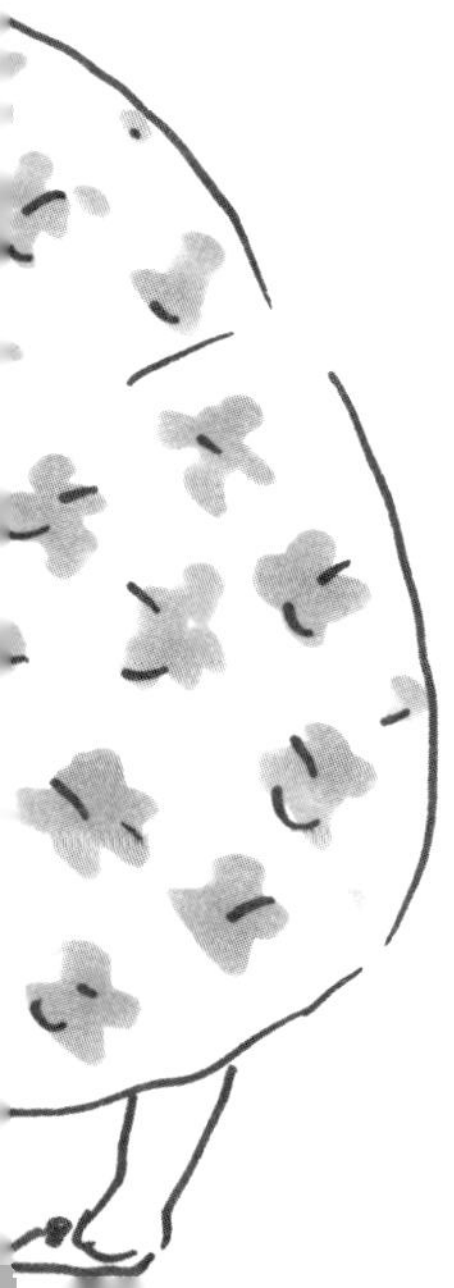

トオルさんや
ドラキュラだんしゃくも
だんろへ　かけよりました。
だんろに　ひは
はいっていませんでした。
「だいじょうぶだよ。」
はなむこさんが、はいに
むせながら
はいだしてきます。

「ああ、だんろの　うしろの　かべが
くずれおちています。」
だんろを　のぞいた　トオルさんが、
はいを　てで　はらいながら　いいました。
「おい。むこうに　ドアが　あるぞ！」
ドラキュラだんしゃくが、くずれおちた
かべの　むこうを　ゆびさします。

「エーッ！」
トオルさんも　ツネミさんも、そんな　ところに
ドアが　あるなんて　しりませんでした。
「あくよ。」
むすこガッパが　ドアを　あけています。
「なにしてるの。やめなさい！」
ママガッパが、むすこガッパを　ひきよせました。
ドアの　むこうから、じめじめした　つめたい
くうきが　はいあがってきます。

「かいだんが、したへ　むかっています。」
ドアを　のぞきこんだ
トオルさんが　いいました。
みんな、もう、クリーニングも
えいがも　ダイビング・スクールも
しゃぶしゃぶも、
どうでもよくなっています。
ドアの　むこうの　ほうが、
ずっと　おもしろそうです。

かいちゅうでんとうを　もった
トオルさんを　せんとうに、
みんな　一《いち》れつに　なって、
かいだんを　おります。
「ホテルの　ちかしつは、
モンスターやさいの　はたけだったな。」
ドラキュラだんしゃくが、　もう　そのくらいの
ふかさまでは　おりたぞと、　いいました。
かいだんは　まだまだ　したへ、　つづきます。

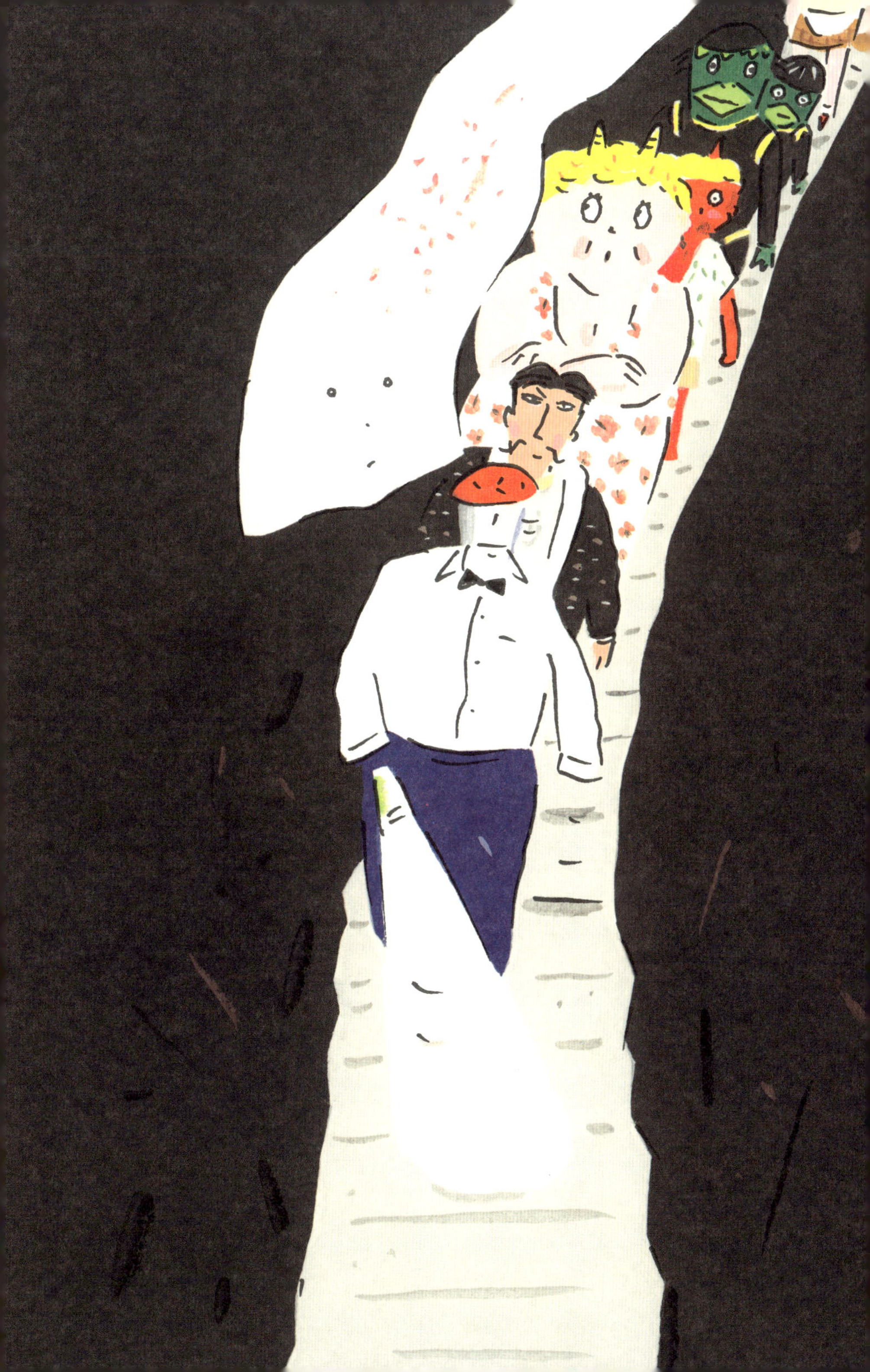

「あ、あかり！」
うしろに　いるのが
がまんできなくて、
トオルさんの
あたまの　あたりを
ただよっていた、
いったんもめんが
さけびます。
「ほんだらけだよ。」

むすこガッパも
さけびました。
「これは、としょしつの
ようですね。」
トオルさんが、
かべじゅうの
ほんだなに
ほんが　つまった
へやを　みまわします。

「ホテルに　としょしつが　あった
なんて、しりませんでした。」
ツネミさんと　トオルさんが、
おどろいています。
「おお！
『ドラゴン・マエストロ』の
りょうりぼんだ。
きちょうぼんだぞ！」
スパイスキンが、おおきな

ほんを　ゆびさして、
こうふんしています。
「この　ホテルも、
なんどか　リフォームして
おるしな。そのとき、
としょしつが　あるのを、
わすれたのかもしれん。」
ドラキュラだんしゃくが
くびを　かしげています。

としょしつの　まんなかに　フロアスタンドが
ひとつ、ぽっと　ともっています。
その　したに、せもたれの　たかい　イスが
おいてあって、なにか　すわっています。
でも、あつく　つもった　ほこりの　せいで、
よく　わかりません。
「どれ、ほこりを　はらってみようかね。」
三《さん》にんの　まじょが　もっていた　ホーキで、
ほこりを　はらいだしました。

イスに　いたのは、　ぶあつい　めがねを
かけた　みどりいろの　いもむしです。
ほんを　かかえて、　よだれを　たらして
ねています。
「こいつは、　ほんのむしだろうな。
でも、　ツンドクモでも　ランドクモでも　ないな。
とじこめられたのかな？」
ドラキュラだんしゃくが　くびを　かしげます。
「おい。　おぼえてないか？　おれたちの

しょうがっこうの　としょしつにも、
こんなのが　いたぞ！」
スパイスキンが
ドラキュラ
だんしゃくを
つつきます。
「おもいだした！
こいつは　ヨミマスワームだ！」
と、ドラキュラだんしゃくが　うなずきました。

「とじこめなきゃ　いけないほど、こわい
モンスターなんですか？」
ツネミさんが　こわごわ　ききました。
「いや。ただ　よみきかせるだけだ。」
「いっぺんに　百《ひゃく》さつもな。しかも、
よみおわるまで　かえしてくれん。」
ドラキュラだんしゃくと
スパイスキンが　うなずきあいます。
「百《ひゃく》さつ！」

それを　きいた、ママガッパの
くちが　おおきく　あきました。
「だから、このまま
にげるに　かぎる。にげるぞ！」
ドラキュラだんしゃくが、
こごえで　そう　いったのに、
「オウ！」
と、おにの　はなよめさんが、
いきおいよく　かたうでを　ふりあげます。

その　こえで、ヨミマスワームが
めを　さましてしまいました。
「なーんて、つまらない　ほんだったんでしょ。
ねむってしまいましたわーよ。」
と、もっていた　ほんを　パンと　とじます。
みんな、ドラキュラだんしゃくを
せんとうに、かいだん
めざして　かけだしています。
「あらあら、いい　こたち。

どこへ　いくのかな？
よみますわーよ。」
ヨミマスワームが、
たのしそうな　こえを
かけました。
そのとたん、
みんなの　おしりが
ゆかに　ぺたんと
すいついてしまいます。

いったんもめんは、からだの　はんぶんが
ゆかに　すいついています。
「ど、どうしたのかしら。」
ちからもちの　おにの　はなよめさんが、
りょうでで　ふんばりますが、
おしりは　はなれません。
まじょたちは、じゅもんを　となえてみますが、
ききめは　なく、おしりは　ゆかに
くっついたままです。

「し、しりが、くっついて――。」

ねずみおとこも　ひめいを　あげます。

「いい　こは、しりなんて　いいませんよ。

おしりです。さあ、あつまりますわーよ。」

ヨミマスワームが、ぽんぽんと　てを　たたくと、

みんなの　おしりが　するする　うごいて、

イスの　まわりに　よせあつめられてしまいました。

ヨミマスワームは、ほんだなから　ほんを

もってきて　イスに　すわりました。

「さあ。 きょうは、
どんな おはなしかしら。
よみますわーよ。」
ヨミマスワームは、
よみだしました。
とても いい こえです。
一《いっ》さつめ、 二《に》さつめ、
三《さん》さつめ、と みんなに
おかまいなしに よみつづけます。

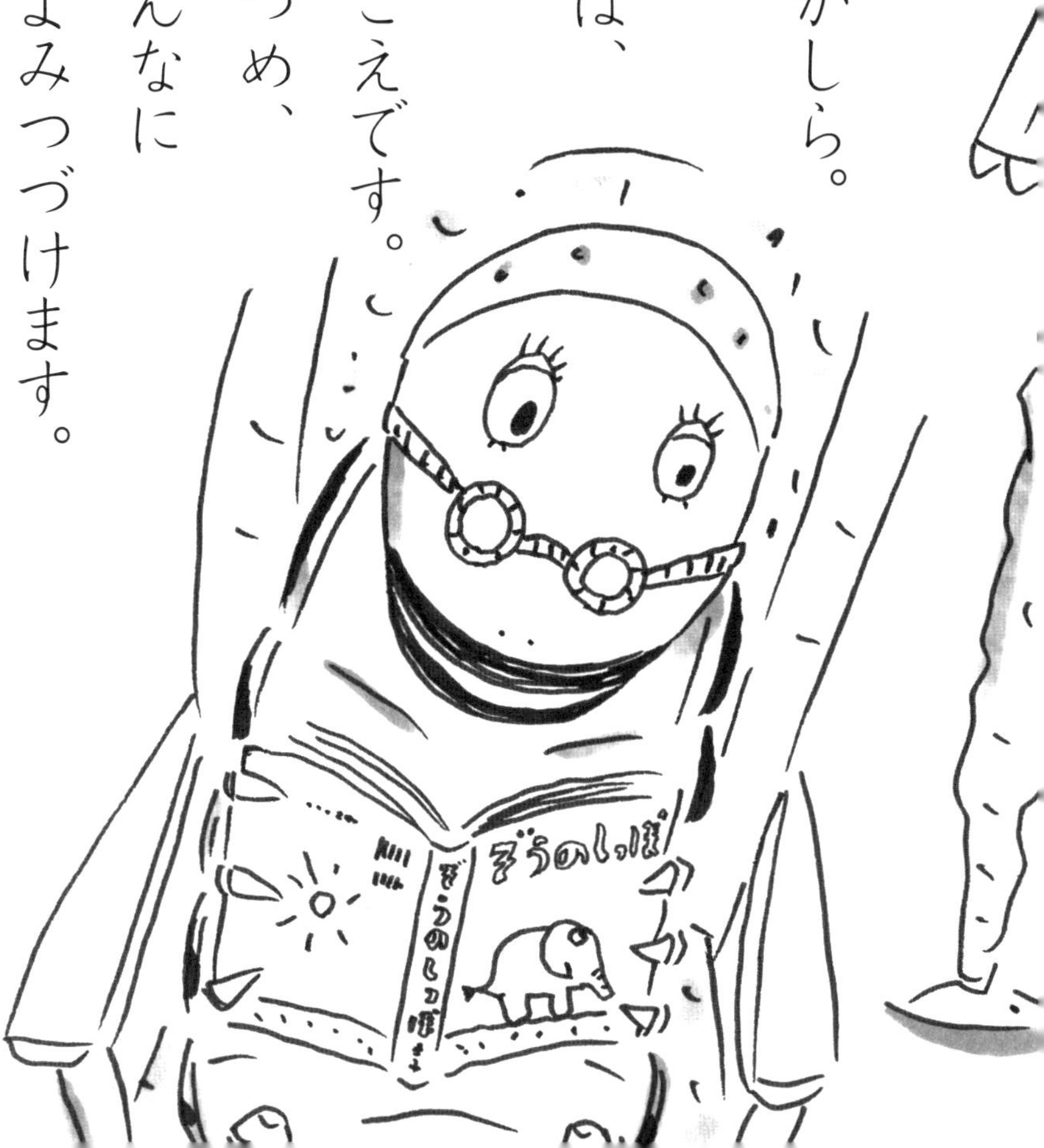

ヨミマスワームが　ほんだなに
ほんを　とりにいっている　すきに、
「これじゃ　いつまでも、
にげられません。
どうしたらいいんですか？」
と、トオルさんが　ききました。
「たえるんじゃ。ヨミマスワームが
あきるまで、たえるんじゃ。」
ドラキュラだんしゃくが、うなります。

「だーれ、おしゃべりしてる　こは？
いい　こは　おとなしく、ききましょうね。」
ヨミマスワームは、よむよむよむ……。
「もう、三十《さんじっ》さつは　よんでます。」
ツネミさんが、ちいさな　あくびです。
「これじゃ、しゃぶしゃぶやへ　いけんぞ。
はくしゅでもしてみたら　どうだろう。」
スパイスキンが　そう　ていあんしました。
よみおわったら、みんなで　はくしゅしてみます。

「いい　こだわ！
つぎは、この
ごほんを　よみますわーよ。」
ヨミマスワームは
うれしそうですが、
よむことを　やめません。
「これは、わたしが
いちばん　すきな　おはなしよ。」
ヨミマスワームは、

ひとりぼっちの　こいぬの
おはなしを　よみだします。
まいごになった　こいぬが、
おやを　さがして
たびを　する　おはなしです。
かなしい　おはなしで、
ヨミマスワームは、
よみながら
はなみずを　すすります。

「いつまで　よみ
つづけるんでしょう？」
パパガッパが、
ダイバーズウォッチを
ちらりと　みました。
もう　まよなかを
とっくに　すぎています。
「おなかが　へったわ！」
おにの　はなよめさんの

おなかが、グーッと　なりました。
「たえろ！　いまに、やめる。
えいえんには　よめん。」
はずだと、
ドラキュラだんしゃくは、
あごを　なぜます。
「こまりましたね。」
ママガッパと　ツネミさんが、
うなずきあっています。

「いや、まて。よみつづけるだけじゃないぞ。
なにか、もっと、あったような？」
スパイスキンが、
はっと　かおを　あげました。
「おおそうだ。きんくが
あった。いっては　いけない
ことばが　あったぞ。」
ドラキュラだんしゃくも、
おもいだしたと　うなずきます。

「なんという
ことばですか？」
トオルさんが
きいた　ときです。
「もう　あきた。
つまんなーい。」
むすこガッパが
おおきな　こえで
そう　いったのです。

「な、なんですって！　あきた！　つまらない！」
ヨミマスワームの　からだが
あかぐろく　かわっていきます。
あきたと　つまらないが、いっては
いけない　ことばだったようです。
ヨミマスワームの　あたまから
つのが　でてきます。
その　つのから、オレンジいろの
えきたいが　あたりに　とびちりだしました。

「うう、く、くさい。」
「いきが、いきが
できません。」
みんな　その　においに、
みもだえしてしまいます。
いくら　みもだえしても、
おしりは　ゆかに
ついたままです。
ここから　にげられません。

そのなかで、ひとりだけ、
ねずみおとこが、
「ああ、かわいそうだな。
ひとりぽっちは
かわいそうだぞ。」
と、おおきな　こえで
ないています。
ヨミマスワームの
よむ、ひとりぽっちの

こいぬの　おはなしに、
かんどうしています。
「ママに　あえて、
よかったなあ。
ひとりで、よく
がんばったぞ！」
ヨミマスワームは、
ねずみおとこに
きがつきました。

すぐさま　みどりいろに　もどって　いきます。
「いい　これね。この　おはなしが、
あなたも　すきなのね。」
あたまの　つのも、きえて　いきます。
「ああ。おれも、だいすきな
だれかの　そばに　いたい。」
ねずみおとこは、うんと
おおきく　うなずきました。
みんなの　おしりも、

ゆかから　はなれました。
ヨミマスワームは、
「たのしかったわ。
それじゃ、
また　あしたね。
いい　こたち。」
と、みんなを
としょしつから
おくりだしました。

みんな　あわてて、シャワーを
あびに　いきます。
「みなさん、ダイニングに
おやしょくを　よういします。」
と、ツネミさんが　いいました。
もう、ダイビング・スクールも、
しゃぶしゃぶやも、
えいがかんも
クリーニングやも

しまっています。
ねずみおとこだけが、でかけて いきました。
そうこがいに すむ、ねずみむすめに あいに
いったのでしょう。
ひとりぽっちは、やっぱり さみしいのです。

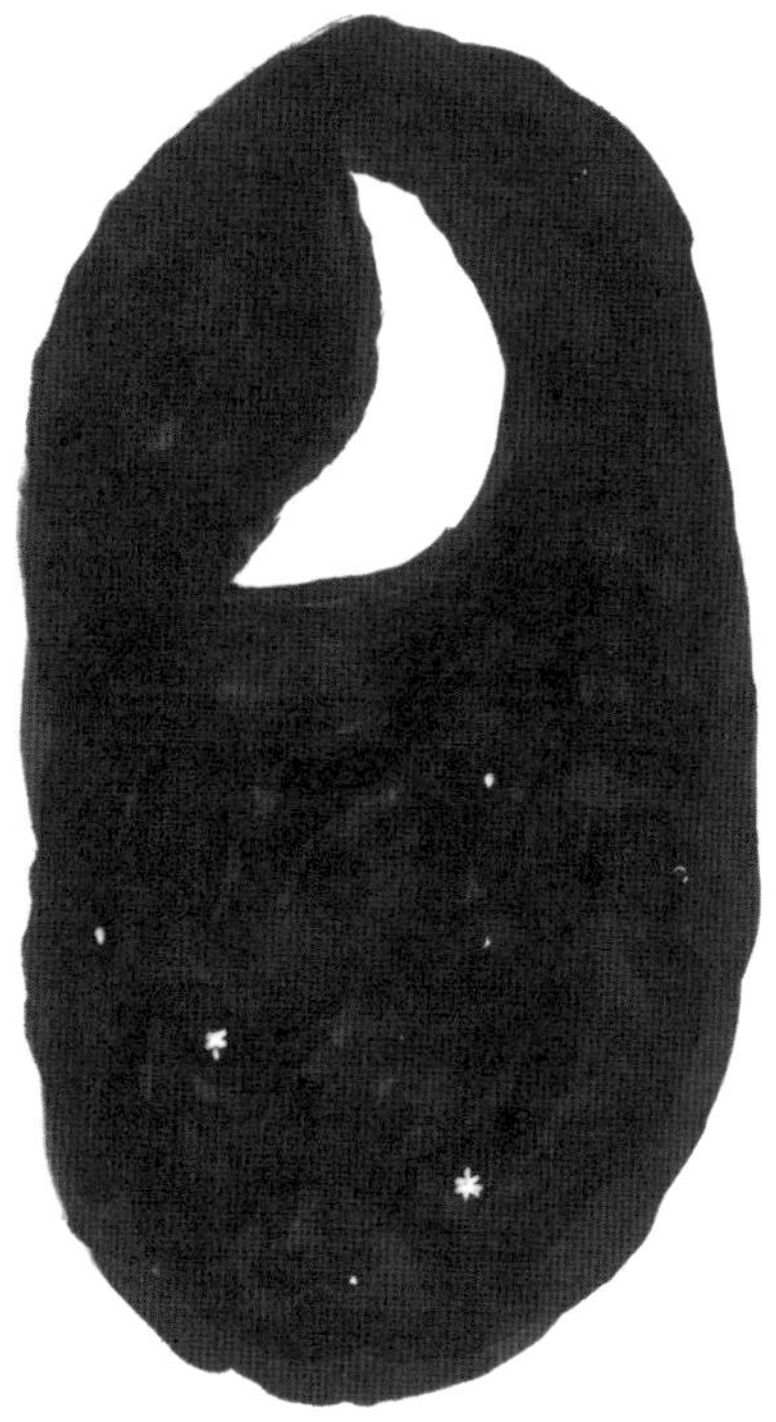

ツネミさんと　トオルさんは、　おにぎりと
みそしるの　やしょくを　だしました。
「うまい！」
スパイスキンは、　うめぼしの
すっぱさに　かおを　しかめて、　まんぞくそうです。
「トオルさん、　としょしつを　どうするつもり？」
三《さん》にんの　まじょたちが、　ふうじこめる
じゅもんを　かけましょうかと　きいています。
「それは、　かわいそうです。」

ツネミさんは、くびを　ふりました。
「こどもモンスターたちが　とまりに　きた
ときに、ほんを　よんでくれると、きっと、
よろこばれると　おもうのですが――。」
トオルさんも、どうしたものかと、
くびを　ふります。
きょうみたいに
よみつづけられると、
とても　こまります。

「なんで、わしに、きかん？」
ドラキュラだんしゃくが、にやにやしています。
「なにか、いい　かんがえでも　あるんですか？」
ママガッパが、ドラキュラだんしゃくの
もっている　ほんに　きがつきました。
「この　ほんを、ヨミマスワームが
よみきかせる　ほんの　なかに　まぜるんじゃ。」
ドラキュラだんしゃくが、その　ほんを
さしあげてみせます。

「その　ほんは――。」
トオルさんが　ききました。
「ヨミマスワームが、つまらない　ほんだ。
ねてしまったと　いっておったぞ。」
ドラキュラだんしゃくが、
どうだと　うなずきます。
ドラキュラだんしゃくは、
おぼえていて、もってきたようです。
ヨミマスワームが、

ひざに　かかえて
ねむっていた　ほんです。
　よだれの　あとで、
だいめいは
にじんで　わかりません。
　この　ほんを　よめば、
ヨミマスワームは
ねむってしまうだろうと
いうのです。

「そんなに　うまくいくかしら。」

いったんもめんが、
ゆらゆら　からだを　ゆらしています。

「やってみなけりゃ、わからんだろうが。」

ドラキュラだんしゃくが　いいました。

「とじこめるのは　かわいそうです。

そうしてみますか。」

トオルさんと　ツネミさんは、
うなずきあっています。

モンスター・ホテルで
はたらく　モンスターが
ひとり　ふえたようです。
みんなと
なかよくできると　いいのですが。
きっと、なかよくできると
おもいます。
ヨミマスワームも、
ひとりぽっちは　きらいなのですから。

作者・**柏葉幸子**（かしわば さちこ）

岩手県花巻市出身。東北薬科大学卒業。薬剤師。『鬼ヶ島通信』同人。『霧のむこうのふしぎな町』（講談社）で講談社児童文学新人賞，日本児童文学者協会新人賞，『ミラクル・ファミリー』（講談社）と『牡丹さんの不思議な毎日』（あかね書房）で産経児童出版文化賞，『つづきの図書館』（講談社）で小学館児童出版文化賞を受賞。その他，「モンスター・ホテル」シリーズ（小峰書店），「ピーポポ・パトロール」シリーズ（童心社）など，多数。

画家・**高畠　純**（たかばたけ じゅん）

愛知県名古屋市出身。愛知教育大学卒業。『だれのじてんしゃ』（フレーベル館）でボローニャ国際児童図書展グラフィック賞，『オー・スッパ』（講談社）で日本絵本賞，『ふたりのナマケモノ』（講談社）で講談社出版文化賞絵本賞受賞。その他，『おとうさんのえほん』「だじゃれ」シリーズ（絵本館），「ペンギン」シリーズ（講談社），『やっぱりしろくま』『しろくまだって』『いつでもしろくま』『ながいながいへびのはなし』「モンスター・ホテル」シリーズ（小峰書店）など，多数。

モンスター・ホテルで　ひみつのへや

2015年2月18日　第1刷発行　　2018年5月30日　第3刷発行　　NDC913

作者／**柏葉幸子**　画家／**高畠　純**　発行者／**小峰紀雄**　　63p　22cm

発行所／**㈱小峰書店**　〒162-0066 東京都新宿区市谷台町4-15　☎03-3357-3521

組版・印刷／㈱三秀舎　製本／小髙製本工業㈱　　FAX 03-3357-1027

ISBN978-4-338-07227-4